LES MUSICIENS de LA VILLE DE BRÊME

D'APRÈS LES FRÈRES GRIMM
DESSINS de GERDA

Père Castor
Flammarion

© Flammarion 1958 – Imprimé en France.
ISBN : 2-08-160022-9
ISSN : 1768-2061

Un homme avait un âne qui, pendant de longues années, l'avait docilement servi, mais dont les forces étaient à bout, si bien qu'il devenait chaque jour plus impropre au travail. Son maître songea à vendre sa peau. Mais l'âne, voyant le vent souffler du mauvais côté, se sauva et prit la route de Brême. Là, se dit-il, je pourrai devenir musicien de la ville.

Après avoir marché quelque temps, il rencontra un chien de chasse qui geignait comme s'il était fatigué par une longue course.

— Qu'as-tu donc à geindre ainsi, camarade ? lui demanda l'âne.

— Ah ! répondit le chien, mon maître a voulu m'assommer parce que je me fais vieux, que je m'affaiblis tous les jours et que je ne peux plus aller à la chasse. Alors, je me suis échappé ; mais comment gagner mon pain maintenant ?

— Écoute, dit l'âne, je vais à Brême, où je compte me faire musicien de la ville. Viens avec moi, et fais-toi recevoir aussi dans la musique. Je jouerai du luth, et tu taperas sur les timbales.

Le chien accepta et ils firent

route ensemble. A quelque distance de là, ils rencontrèrent un chat qui faisait une mine triste comme une pluie de trois jours.

— Qu'est-ce donc qui te chagrine, vieux frise-moustache ? lui dit l'âne.

— Comment serait-on joyeux quand on craint pour sa tête ? répondit le chat. Parce que j'avance en âge, que mes dents sont usées et que j'aime mieux rester couché derrière le poêle à ronronner que de courir après les souris, mon maître a voulu me noyer. Je me suis sauvé à temps. Mais maintenant, que faire et où aller ?

— Viens avec nous à Brême. Tu t'y connais assez bien en musique nocturne. Tu deviendras comme nous musicien de la ville.

Le chat suivit le conseil et partit avec eux.

Nos vagabonds passèrent bientôt devant une cour de ferme sur la porte de laquelle était perché un coq qui criait à tue-tête.

— Tu nous perces la moëlle des os, dit l'âne. Qu'as-tu donc à crier de la sorte ?

— C'est aujourd'hui que Notre-Dame lave les chemises de l'Enfant Jésus et qu'elle doit les faire sécher. C'est pourquoi j'ai annoncé le beau temps. Mais comme c'est demain dimanche et que ma maîtresse reçoit à dîner, elle a décidé qu'on me mangerait en potage. La cuisinière a l'ordre de me tordre le cou ce soir. Alors, je crie de toutes mes forces pendant que je respire encore.

— Crête rouge que tu es, dit l'âne, viens plutôt avec nous à Brême. Où que tu ailles, tu trouveras toujours mieux que la mort. Tu as

une bonne voix, et, quand nous ferons notre musique ensemble, notre concert aura bonne façon.

Le coq goûta cette proposition et ils détalèrent tous les quatre. Ils ne purent atteindre la ville de Brême le même jour. Le soir tombait quand ils arrivèrent dans une forêt où ils décidèrent de passer la nuit.

L'âne et le chien s'installèrent sous un grand arbre. Le chat y grimpa et le coq prit son vol et alla se percher sur le faîte de l'arbre pour être plus en sûreté. En promenant ses regards sur l'horizon avant de s'endormir, il lui sembla voir une lueur au loin et il cria à ses compagnons qu'il devait y avoir une maison à peu de distance et qu'il en voyait la lumière.

— Dans ce cas, dit l'âne, délogeons et hâtons-nous d'y aller, car cette auberge laisse fort à désirer.

Le chien ajouta :

— Quelques os avec un peu de viande autour ne me déplairaient pas.

Ils se dirigèrent donc du côté d'où venait la lumière et ils la virent bientôt grandir et briller davantage. Ils arrivèrent enfin près d'une maison de brigands largement

éclairée. L'âne, étant le plus grand, s'approcha de la fenêtre et regarda à l'intérieur de la maison.

— Que vois-tu, Grison ? lui demanda le coq.

— Ce que je vois ? Une table chargée de mets et de boissons et, tout autour, des brigands qui s'en donnent à cœur joie.

— Voilà qui ferait bien notre affaire ! dit le coq.

— Ah ! dit l'âne, si seulement nous étions à leur place !

Ils se mirent donc à délibérer sur les moyens à employer pour expulser les brigands, et voici ce qu'ils imaginèrent : l'âne posa ses deux pattes de devant sur la fenêtre ; le chien monta sur le dos de l'âne, le chat sur celui du chien, et le coq, prenant son vol, se posa sur la tête du chat. Aussitôt, le coq donna le signal et ils commencèrent leur musique. L'âne se mit à braire, le chien à aboyer, le chat à miauler, le coq à chanter, et ils s'élancèrent dans la salle en faisant voler les carreaux en éclats.

A ce bruit effroyable, les brigands se levèrent en sursaut, et, croyant qu'un revenant entrait chez eux, ils s'enfuirent épouvantés dans la forêt.

Alors, les quatre compagnons s'installèrent autour de la table, s'accommodant des restes et mangeant comme s'ils avaient dû jeûner un mois.

Quand les quatre musiciens eurent achevé leur repas, ils éteignirent les lumières et cherchèrent un gîte pour se reposer chacun suivant sa nature et ses goûts.

L'âne se coucha sur le fumier, le chien derrière la porte, le chat dans le foyer, près de la cendre chaude, le coq sur une solive. Et comme ils étaient fatigués de leur longue marche, ils ne tardèrent pas à s'endormir.

Passé minuit, n'apercevant plus aucune lumière dans la maison, et tout y paraissant tranquille, le chef des brigands dit :

— Nous n'aurions pourtant pas dû nous effrayer ainsi !

Et il ordonna à un de ses hommes d'aller explorer la maison.

Celui-ci trouva tout au calme, entra dans la cuisine et voulut allumer une chandelle ; il se munit donc d'une allumette et, prenant les yeux brillants du chat pour deux charbons ardents, en approcha l'allumette pour l'enflammer.

Mais le chat, qui n'entendait pas la plaisanterie, lui sauta au visage et l'égratigna en jurant.

Saisi d'une grande frayeur, l'homme s'enfuit en courant. Mais le chien, qui était couché derrière la porte, s'élança sur lui et le mordit à la jambe.

Il traversa la cour et, comme il passait près du fumier, l'âne lui décocha une ruade... formidable, cependant que le coq, réveillé par le bruit et déjà tout alerte, cria du haut de son perchoir :

— Kikiriki !

Le brigand courut à toutes jambes vers son capitaine et lui dit :

— Il y a dans la maison une affreuse sorcière qui m'a soufflé au visage et égratigné avec ses doigts crochus. Un homme armé d'un couteau dont il m'a piqué la jambe est caché derrière la porte. Dans la cour se tient un monstre noir qui m'a assommé d'un coup de massue, et sur le toit siège un juge qui criait : « Ce bandit sera pris ». J'ai détalé à toute vitesse et me voici.

Depuis lors, les brigands n'osèrent plus s'aventurer dans la maison et les quatre musiciens de la ville de Brême s'y trouvèrent si bien qu'ils n'en voulurent plus sortir.

I.M.E. - 25110 Baume-les-Dames - 06/2009 - Dépôt légal : 4e trimestre 1958. - Éditions Flammarion (N°0222), Paris, France
Loi n°49-956 du 16 juillet 1949 sur les publications destinées à la jeunesse